Markus Daumüller

Die Professorin

Bibliographische Information der Deutschen Nationalbibliothek. Die Deutsche Nationalbibliothek verzeichnet diese Publikation in der Deutschen Nationalbibliografie. Detaillierte bibliografische Daten sind im Internet über dnb.dnb.de abrufbar.

TWENTYSIX

Eine Marke der Books on Demand GmbH

© 2021 Markus Daumüller

Herstellung und Verlag:

BoD - Books on Demand, Norderstedt

ISBN 9783740786861

Adalberta Grün war eine schöne Frau. Jeden Morgen wandelte sie in einem schwarzen Kleid durch das Anwesen zum großen Saal. Dort stand ein weißer Flügel, auf dem sie anmutend schön spielte, ein Stück, und noch eins, ineinander fließend wie Momente ihrer Existenz. Eine Reise begann. Ihre Töne bargen das Geheimnis der Gefühle. Eine Melancholie des Lebens erwachte. Adalberta saß aufrecht. Ihre Sinne waren geschärft. Sie spürte nach innen und war entrückt von allen profanen Dingen des Alltags. Sie saß vor dem weißen Flügel, als schwebte sie auf einer Wolke durch Nebel. Von allen Dingen im Leben war dieser Moment ein Glück innerer Ästhetik.

Es klingelte. Ihr Kollege, Professor Walter, unterbrach das Spiel und übergab ihr das Skript über Gerechtigkeit. Sie war Professorin der Philosophie, und morgens schärfte sie ihre Sinne durch Musik. Wörter begreifen braucht Realitätssinn. Und Muse. Es ist wie das Lichten eines Waldes, Bedeutungspfade schlagen, man tastet sich voran, verläuft sich, irrt umher. Plötzlich ein Moment der Klarheit. Was ist denn Gerechtigkeit? Adalberta lehrte keine Definitionen. Sie ließ die Wörter in Farben leuchten. Eine Komposition entstand. Der Unisaal verwandelte sich in ein Farbenmeer; Poesie erfüllte das Publikum. Phantasie war ihr Lehrplan, ein schwarzes Kleid ihr Anker. Das Podium war ihre Bühne. Was ist Gerechtigkeit? Was spürt ihr denn, welche Farbe es sei?

Adalberta war gezeichnet von ihren Scheidungen. Das Gezänk machte aus ihr eine gebrochene Person. Das viele Weinen, der großе Schmerz, die Verletzungen. Sie war auf der Flucht. Die Sprache der Farben war ihre Fluchtwelt, harmonisch entrückt, surreal. Eine Sucht begann. Mit der Farbenlehre der Wörter hatte Adalberta eine Insel im Unibetrieb erschaffen. Ihre Erinnerungsverarbeitung wurde zur akademischen Marke. Ganz anders als ihre eitlen Ex-Männer brauchte sie keine Monstranz ihrer Leistung. Sondern eine Art Therapie. Der Unisaal war ihre Couch. Sie war 54, als sie merkte, wie vergänglich Leidenschaft ist, und dass die Suche nach innerer Schönheit andere Resonanzen braucht. Ihre Gefühle suchten das Abenteuer, doch ihr Kampf um die Wörter war eine planbare Schlacht. Adalberta hatte diese Souveränität, die einen erst mit 50 beschleicht.

Sie suchte vor Publikum nach Sinn, was konnte es besseres geben? Niemand ahnte, dass ihre Inszenierung ein Seelenstriptease .war; das schwarze Kleid stand für Seriosität, und die Suche für Ernsthaftigkeit. Professorin Grün war ein Bühnentalent der Wissenschaft. Aber eigentlich verarbeitete sie ihre gescheiterte Liebe. Die Kunst ihres Drehbuchs machte daraus etwas Produktives. Philosophie ist eben keine Wissenschaft. Sie hat mit unserer Seele zu tun

Adalberta war müde. All die entwürdigende Hoffnungslosigkeit in ihrem einsamen Dasein. Sie holte sich einen Kognak und trank ihn in einem Schluck. Sie dachte: Ist Gerechtigkeit etwas, das einem widerfährt? Oder steckt sie in einem Konstrukt? Kann man sie messen? Ihr Leben jedenfalls war ungerecht. Sie fühlte sich benachteiligt gegenüber den Geschwistern, den Mitschülern, anderen Wissenschaftlern. Sie war Aschenputtel. Obwohl ihre Originalität herausragte. Dann machte sie aus sich eine Kunstfigur mit existentialistischer Aura. Sie tröstete sich mit Klassik in Moll; schwarz wurde ihr Fenster nach innen: Eine Befreiung und ein Gefängnis. Ohne ihr Image war ihr echtes Leben nicht mehr erträglich. Fiktion und Schönheit verschmolzen und weckten die Geister eines harmonischen Jenseits. Der Nahtod war ihr Lebensgefühl. Adalberta war eine Grenzgängerin. Vielleicht gingen ihre Vorlesungen deswegen so unter die Haut: Sie enthielten Bilder aus einer anderen Welt, die nur Adalberta erzählen konnte. Sie verzauberten und waren starke intellektuelle Anregungen: Ästhetik und Mimesis, die Idee als Kunst: Auf junge Studenten hatte Adalberta eine Anziehungskraft: Wehmut und Sehnsucht sprachen aus ihren Bildern, und trotzdem war überall Lust. Die Ambivalenz ihrer Geschichten beflügelte die Phantasie der Zuhörer. Alle wollten Sex mit Adalberta,

Wenn sie aus solchen Vorlesungen nach Hause kam, fühlte sie sich entblößt. Die Meisterin der Suggestion kehrte ihr Innerstes nach außen, die Erotik ihrer Gedanken fesselte die jungen Studenten. Einmal war sie mit Julian Wein trinken, dem Sohn ihres Bankiers. Ihre Vorliebe für junge Männer hatte sich schnell an der Uni herumgesprochen. Es war für sie weder Abenteuer noch Abwechslung, sondern ein Baustein ihrer jenseitigen Welt, die Farbe ihrer Essenz. Sex mit Julian war ihre Hommage an das Dasein. Adalberta Grün liebte die Ekstase, den Ausbruch aus dem Gewöhnlichen, sich fühlen wie Mephisto. Aus Verbot und Faszination entstand ein Manifest ihrer Wildnis. Das Beben nahm sie mit in den Hörsaal und ließ das Publikum teilhaben an ihrem intellektuellen Orgasmus. Sie war die einzige Professorin, die Nachdenken wie Sex wirken ließ.

Ihr Anwesen war das Erbe ihres verstorbenen Mannes: 16 Zimmer und fünf Balkone über griechischen Säulen luden zum Verweilen ein. Dort las sie Bücher, der Wind wehte um ihr Antlitz. Heraklits Kritik an den oberflächlichen Weltwahrnehmungen war ihr Antrieb, alles Seiende im Werden und Vergehen zu betrachten. Alles war ein Prozess, und Existenz ein flüchtiger Moment. Adalberta fuhr sich durch ihr schwarzes Haar. Sie war versunken in ihre Arbeit. Platons Kratylos, woher die Wörter kommen. Woher kommt denn Glück? Das Anwesen war ihr Ruhepol. Glück ist, einem tieferen Sinn im Leben zu folgen. Aber außer Sex mit Julian hatte sie noch nichts gefunden, dem sie folgen könnte. Die Freitagsdiskussionen, die sie im großen Saal veranstaltete, hatten begonnen sie zu langweilen. Wie die Kollegen ihren Intellekt prostituierten, wie platt sie den Kampf ums beste Argument kämpften, das alles war so profan. Sie spürten der Weisheit nicht nach, sondern lechzten nach Wichtigkeit. Sie bauten eine Arena, es fehlte nur noch ihre Krönung bei RTL 2. Adalberta wollte keine Stierkämpfer in ihrem Haus. Der Saal war kein Ring. Sie umgab sich stattdessen gerne mit Feinsinnigen, Denkern statt Ehrgeizigen. Und sie verstand Philosophie nicht als Ware, über die man streitet, sondern als ein Farbenmeer unseres Lebens. Nein, diese Lackmeier zerstörten die schöne Tristessee ihrer Wahrheit. Sie wollte keinen Ringkampf neben ihrem weißen Flügel. Sie wollte echte Gedanken, kein episches Theater.

Adalberta Grün fuhr einen großen grünen alten Citroen. Auf dem Lack hatte sich Patina gebildet, der die Karosserie wie ein Schleier vor dem Wetter schützte. Adalberta kaufte sich diesen Wagen, als sie die Professorenstelle bekam. Er war 20 Jahre alt, wie ein altes Sofa. Und so fühlte sich die Rückbank auch an. Der spröde Mehrzweckcharme, gepaart mit Eleganz, weckte ihre Neugier. Sie brauchte keinen Porsche. Sie brauchte eine Form für die

Sinne. Ein Anklang an das Schöne, Zeitlose. Etwas Außergewöhnliches, das sie in eine Prise Ewigkeit hüllte. Eine Statue ihrer Leidenschaft. Jeden Morgen fuhr sie nach dem Pianospiel in die Staatsbibliothek und studierte die griechischen Philosophen. Sie liebte dieses Eintauchen in die Ursprünge, das Versinken in den Monumenten unserer Kultur. Der Citroen und die Staatsbibliothek waren Orte voller Würde. Sie verweilte gerne in dem großen Lesesaal und gab sich dem Geruch antiker Gedanken und ihren Gräbern, den Büchern, hin. Dann schlug sie eines auf und las, über Staats-, Kunst- und Sprachphilosophie. Über Gerechtigkeit. Sie hörte nicht eher auf, bis sich Gewissheit einstellte. Sie zelebrierte ihr Nachdenken, als wolle sie ein Kunstreiten gewinnen. Ihre Disziplin war eisern.

Mit einem Bündel an Fragen und Ideen verließ sie den Lesesaal und ging Kaffee trinken. Die Erotik ihres Müßiggangs war eine Art Teilhabe an der Lehre der Ideen. Das Café war ihr Kynismus. Es war zwar Müßiggang. Es war aber auch eine Schulung in ethischer Skepsis. Sie drehte und wendete unermüdlich die Ideen auf alle Seiten. Sie schrieb Fragen auf. Sie sezierte die Begriffe, aber nicht etymologisch, sondern von ihren Erscheinungsbildern her. Philosophie war für sie Form und Wirkung einer Idee. Sie konnte vorbeilaufenden schönen Menschen nachblicken und sah eine Verbindung zu ihren Ideen. Ideen begegnete sie mit Ideen. Sie war sozusagen eine systemische Philosophin. Warum ein

Konstrukt erschaffen, wo doch alles fließt? Man sollte die inneren Mechanismen des Flusses verstehen. Die antike Philosophie thematisierte ihrer Meinung nach dieses Werden und Vergehen. Erleben wird zu Erfahrung, diese zu Erinnern. Ohne die Zeit kann man die Welt nicht verstehen. Deswegen brauchte sie Orte, an denen die Zeit still steht. Philosophie war kein Theaterstück. Sie war keine Intendantin, sondern Beobachterin der gedanklichen Welt In Adalbertas Gedankenwelt war Philosophie ein Garten voller bunter Blumen, die je nach Sonneneinstrahlung ihr Erscheinungsbild wechseln. Das Gesetz des Wechsels zu finden, das war das Wesentliche, die Ontologie. Der Citroen gab ihr das Gefühl, er wäre eine philosophische Verkörperung des Urzustandes, von dem aus sie den Wandel denkt. Heute gilt er als hässlich. Aber damals war er avantgardistisch. Er war ein Chamäleon, wie eine Reise von der Verheißung zum Albtraum.. Er war sozusagen das Äquivalent der philosophischen Ideen, die ihren Alltag füllten. Sie fuhr in den Ideen spazieren, bis sie diese von innen ergründet hatte. Das war ihr Forschungsansatz. Ihre Ex- Männer hielten sie für eine verrückte Esoterikerin. Vielleicht war Adalberta etwas in der Zeit verrückt. Aber ihre Beobachtungsgabe war messerscharf. Adalberta drang zum Kern der Ideen hervor, indem sie das Ewige in ihrer Vergänglichkeit herausschälte. Manche fanden das genial, originell wie Hannah Arendts teilnehmende Beobachtung des Eichmann-Prozesses. Es war betörend anders. Es war lasziv intellektuell.

Adalberta kannte keinen Unterschied zwischen Arbeit und Freizeit. Diese unbedeutenden Ablenkungen brauchte sie nicht. Vergnügungen, die nur Zeitvertreib sind. Was für eine Schändung von Zeit – der kunstvollen Verpackung aller Existenz. Die Welt ist kein Freizeitpark. Leben ist eine Aufgabe, an der der Charakter reift. Darin war Adalberta altmodisch: Dass Tugenden unser Sein in der Welt prägen. Tugenden kamen für sie nicht von Taugen. Sie waren wie Klaviertasten in einer Oktave. Man musste sie kunstvoll spielen, voller Gefühl, bis Harmonie entsteht. Zwecke sind ja nur das Ordinäre des Daseins. Es galt, mit seiner Rolle in der Welt eins zu werden. Adalberta zeigte Haltung. Ihre Aufgabe war, das Innere der Welt zu öffnen. Sie wollte nicht weinerlich sein. Sie stellte sich diesem Auftrag. Hemmungsloser Sex und Tugend waren für sie keine Gegensätze, weil sie Tugend weder als Makellosigkeit noch als Anstand interpretierte. Ihr ging es nicht um die Optimierung des Verhaltens, sondern um das Malen eines harmonischen Akkords. Und das konnte bei jedem anders aussehen..

Wenn sie mit Kaffeetrinken fertig war und weder Vorlesung noch Begegnungen mit Studenten hatte, fuhr sie vorbei an Schafherden in ihr Exil. Sie war ein Stadtmensch, der die Ruhe des Landlebens entdeckt hatte. Früh morgens lauschte sie dem Singen der Vögel, es war ein Konzert mit tausend Streichern, ein Fest des Gehörs. Bevor sie an den weißen Flügel lief, öffnete sie ihre Fensterläden und beobachtete die Weite der sanften Hügel und Felder.

Insekten flogen über die Gräser wie Verirrte in einem großen Labyrinth. Sie spürte den Atem der Schöpfung auch mit den Augen. Adalberta brauchte, um eine Kunstfigur zu sein, kein Makeup. Sie besaß diese altmodische Andersartigkeit, die wie eine Autorität wirkte, aber liberal dachte. Sie verrannte sich nie in irgendwelchen Überzeugungen und war trotzdem authentisch. Ihren Morgenkaffee trank sie schwarz, so schwarz wie ihr Kleid. Aber ihr Blick war verloren in der Uferlosigkeit der Landschaft. Dieses Sichtreibenlassen am Morgen war keine Schwäche. Es war der Gegenspieler zu der Schärfe ihrer Gedanken. Wer immer die Kontrolle behält, gerät in die Sackgasse. Sie liebte diesen Moment am Morgen, in dem die Laute der Tiere das Leben verkündeten. Es war jedes

Mal wie ein Anfang. Anzufangen war für sie ein Aufbruch. Man muss keine neue Figur geworden sein, um aufzubrechen. Es genügte ihr, Mut zu haben und die eigene Identität zu gestalten. Das Landleben kannte wenig Abwechslung und war gerade darum so tiefgründig. Die Existenz spüren, das war ihre Sehnsucht.

Adalberta liebte diese Momente am Morgen. Sie waren entrückt, wunderschön. Staatsbibliothek und Felder, wie Athena und Aphrodite, Weisheit und Liebe. Die zwei Seiten in ihr kämpften ständig einen unbändigen Kampf. Das Ineinanderfließen von Hingabe und Kontrolle war zum Thema ihres Lebens geworden. Der Grat dazwischen war ihre Kunst. Wieso wächst die Weisheit, wenn man die Lust lebt? Das große Mysterium des Menschen beschäftigte bereits antike Philosophen: Körper und Geist, und wie sie einander beflügeln. Adalberta hatte trotz ihrer besonderen Auslegung der Wissenschaft zu sehr dem Geist vertraut. Ihre Muskeln waren geschwächt von der Hybris des Kopfes. Sie war aus der Form geraten. Ihr obsessiver Süßigkeitenkonsum war entfesselt wie ihre Vorlesungen. Zügellosigkeit stellte sich ein. Die Kontrolle im Denken erweckte nur den Anschein, als habe sie alles unter Kontrolle. Der Zügellosigkeit Einhalt zu gebieten, das Hemmen, das Sich- Mäßigen, das Maßhalten war ihr abhanden gekommen in ihrem Leben. Sie rauchte exzessiv Marlboro Menthol. Sie rauchte sogar in ihren Vorlesungen. Es war ihr nicht wichtig. Es war einfach ein Treibstoff ihrer Gedanken. Sie versank in einer Art Meditation. Das gab ihr das Gefühl zu fliegen, wie Kiffen, aber mit klarem Denken. Selbst in ihrem grünen Citroen rauchte sie die ganze Zeit. Die Sessel waren übersät von Brandlöchern. Der blaue Dunst hatte etwas Tröstliches, so wie Beruhigungstee in ihrem permanenten Rausch. Betäubung war der Gegenspieler zu den geschärften Sinnen. Manchmal konnte Adalberta die Welt nur ertragen, wenn sie sie nicht mehr wahrnahm. Wenn all die Zumutungen gedämpft an sie heran kamen; wenn Dionysos in ihr erwachte und die Realität starb. Ihr war die Handhabe ihrer Kunstfigur etwas entglitten. Existenzialismus beflügelte ihre moralische Freizügigkeit, aber ihre äußere Lebensform war eine bürgerliche Existenz. Das sterbende Tier von Philipp Roth war ihr Lieblingsroman, ein Protagonist wie sie, Sex und Kultur, die akademische Welt als Spielwiese. Ihre Persönlichkeitsstörung hemmte und enthemmte sie gleichzeitig.. Sie hatte die Orientierung verloren. Niemals würde man ihr das anmerken. Es war ihre geheime Verzweiflung, dass das Leben sie überforderte. Vielleicht war Sex mit Julian doch ein Abenteuer, oder es war wie Wein, aus dem die Wahrheit spricht.

Adalberta hatte vergessen, die Klausuren durchzuschauen. Lauter Fleißige, die nach etwas strebten: Belohnung, Anerkennung, Erfolg. Sie hatten noch nicht einmal ein Examen, aber ihr Leben stand bereits fest. Diesen freiwilligen Determinismus konnte sie nicht verstehen. Man sollte in der Philosophie unermüdlich der Wahrheit nachspüren. Eine Art Korruption nahm die

Welt um sie herum in Beschlag, und auch die Denker. Dann steckte sie sich eine Zigarette an. Sie saß noch immer vor dem Fenster, das die weite Landschaft zeigte. Der Morgen war nebelig. Ihr Anwesen war der Inbegriff der Überforderung. Eigentlich wohnte Adalberta nur in vier der 16 Zimmer. In der Küche stapelten sich die Kaffeetassen. Sie fühlte sich nicht wie die Herrin eines Anwesens, sondern wie eine Hausmade. Sie rauchte, aß Schokolade und trank Kaffee. Sauberkeit war nicht ihr bevorzugter Fetisch. Solche Nebensächlichkeiten kannte das existenzialistische Gefühl nicht. Das Durcheinander ihrer Wohnung und das Durcheinander ihrer Persönlichkeit gingen eine unauflösbare Symbiose ein. Diese war ein interessanter Widerpart zur Wachheit ihrer Sinne. Adalberta war der lebendige Widerspruch, und das verlieh ihr diese Anziehungskraft einer Ikone. Die mondäne Gesellschaft konnte sich nicht vorstellen, dass der Philosophie-Star eigentlich eine vom Glück verlassene Frau war.

Aber Adalberta jammerte nicht. Sie rauchte eine Marlboro Menthol. Sie hing nie besseren Vergangenheiten nach; sie ging in das Atelier neben dem großen Saal und erschuf ein Kunstwerk aus Acrylfarben, die leuchteten. Sie sublimierte ihr Elend, sie verwandelte es in ein kraftvolles Bild. Sie war eine starke Figur, die wie Aschenputtel Gold aus Stroh spann. Vor ihrem Anwesen lag ein Gestüt. Dort gehörte ihr ein weißer Wallach, dem sie all ihre Liebe schenkte. Majestätisch ritt sie auf ihm aus. Die gleichförmige, rhythmische Bewegung verlieh ihr eine Dynamik, die ihr Leben vermissen ließ. Voranschreiten, das schien wie eine Insel im Verdursten zu sein, die ästhetische Ordnung im existenzialistischen Chaos. Adalberta holte tief Luft. Jedes Ausreiten kam ihr vor wie ein Aufbruch. Die Kraft des Pferdes kam aus seinem perfekten Muskelspiel; die Perfektion entlockte ihr Bewunderung. Sie spürte die Freiheit, die sie im Anblick der Hügel ersehnte. Zwischen Freiheit und Chaos oszillierte ihr Leben, und ihre Gefühle standen niemals still. Diese Wildnis passte nicht zu ihrem Beamtenstatus. Das Professorengehalt war üppig und bettete ihre Sorgen. Nichts hatte ihr die Luft zum Atmen mehr genommen als der Schmerz, und sie wusste einfach nicht, weshalb diese Empfindung sie so dauerhaft eingenommen hatte. Denn andererseits tanzten die Ideen in ihr.

Sie war früh auf einem Mädchenpensionat geparkt worden, war Adressatin von Gemeinheiten, Intrigen und Leistungsdrill. Ihre Flucht in Gedanken und Wörter war auch ein Wegrennen vor anderen Menschen. Als Kind hatte Adalberta gelernt, dass das Besteck des Alltags nicht reicht, um eine sinnvolle Existenz zu führen. All die Beziehungsstreitereien, der Wettlauf um Besitztümer, die Verbrechen auf den Straßen, das war doch nicht das wahre Leben. Diese Misstöne unseres Daseins, die es komplett auszufüllen erscheinen, waren für Adalberta Kostüme von Statisten Sie aber suchte nach dem Hauptdarsteller. Nebulös meisterte sie alle Prüfungen; ihre Suche war eine Inspiration, dem gewöhnlichen Leben zu trotzen und es dennoch zu leben. Nur so hielt sie das Internat und die Barrikaden in ihrem Werdegang aus. Sie war ein guter Revolutionär, sie erschuf eine parallele Welt, die das jenseitige Leben erträglich machte. Adalberta hatte sich ihre eigene Religion geschaffen.

Einmal hatte Adalberta Julian nachgestellt, nur um seine Aura zu spüren. Er war jung, aber männlich. Er hatte diesen Charme aus jugendlicher Leichtigkeit und männlicher Erotik. Schwarze Haare und blaue Augen schmückten sein Lächeln. Er war ruhig, seine Schüchternheit fand sie erotisch. Vor allem war er geheimnisvoll; sie malte sich die Geschichten aus, die seine Seele schrieb. Er hätte ihr Sohn sein können, aber so fühlte sie sich nicht. Sein Lächeln verzauberte sie. Adalberta parkte ihren grünen Citroen in einigen Metern Abstand; sie wollte nur einen Blick erhaschen, wie Julian ging. Sie fand ihn heiß; sie war ja nicht Kassandra, die die Lust verschmäht. Dann steckte sie sich eine Marlboro Menthol an; sie musste den Anblick in ihrem Herz verwahren. Wie ein Teenager ließ sie sich treiben von ihren Gefühlen, überwältigt und voller Ohnmacht. Es ging ihr nicht um Lust. Ihre ästhetische Wahrnehmung raubte der Ratio den Platz. Dieser Hang zum Schönen wurde ihr bei Julian zum Verhängnis. Das war kindisch, aber die Leere in ihrem Dasein hatte begonnen zu brennen. Adalberta war auf der Suche nach einem Ausbruch, und ihre Spielwiese war die Begierde. Ein Sinnenrausch, der wie Lüsternheit schrie. Sie suchte unzweifelhaft nach dem Kick eines Kontrollverlusts.

Aber Julian war kein Abenteuer. Er verkörperte nur ihre Sehnsucht nach menschlicher Schokolade. Sie kippte einen Kognak, um den Moment noch ein wenig anzuhalten. Dann gab sie Vollgas und lehnte sich rauchend in den von Brandlöchern übersäten Sessel zurück. Ihre Nase roch sein Sperma; ihr Mund schmeckte seine Haut. Sie wurde wahnsinnig. Sie machte eine Vollbremsung und schrie ihre Verzweiflung in die Dunkelheit.

Sie dachte: Du bist Professorin. Du darfst dich nicht so gehen lassen. Dann begann sie zu weinen. All die unerreichten Horizonte der Lust, all das Geplänkel um den heißen Brei. Das Leben war voll von Dingen, Gefühlen, Situationen, die man nicht erreichen kann. Lebenslügen pflasterten ihre Abende. Sie war gefangen in einem

Film, der nie aufhört. Sie suchte das Ende, dabei wollte sie einen Anfang. Das alles war viel komplizierter als Wissenschaft. Das Leben überforderte sie. Es fuhr Achterbahn mit ihren Gefühlen. Warum ihre Intelligenz kein Stoppschild malte, war ihr ein ewiges Rätsel. Sie war gefangen in einem Strudel.

Julian war der perfekte Liebhaber, aber als ein Weggefährte im bürgerlichen Leben taugte er nicht. Seine kurze Weile, sein oberflächliches Geplänkel, sein schlichtes Gemüt und seine einfache Sprache langweilten Adalberta. Sie hatte sich vom Leben mehr erwartet als einen verzauberten Frosch. Nachdem sie ihre zwanzigste Zigarette geraucht und aufreizend an ihrem Auto gelehnt hatte, dachte sie an Tucholsky, der auf die Frage, was Satire dürfe, einmal sagte: Alles. Julian war wie die Satire ihres Lebens. Und dennoch konnte sie ihn fühlen wie eine ihrer Farben. Erfüllung und Verzweiflung waren Weggefährten ihrer Existenz. Sie war Professorin für Philosophie, aber sie fuhr mit dem Auto in der Nacht umher wie ein Subjekt aus dem Rotlichtmilieu. Ein Bedürfnis drängte sie, sich diesen Schmutz abwaschen zu müssen. Doch er war auch ein Motor ihrer Sinne. Diese Zerrissenheit begleitete ihren Weg. Die Schönheit der Mythologie und die Schönheit der Sexualität empfand sie nie als Widerspruch, obwohl sie genau unter diesem litt.

Manchmal, wenn sie mitten in der Nacht nach Hause kam, beschlich sie das Gefühl, sie müsse sich kathartisch reinigen von dieser Seite ihres Lebens. Doch dann schaute sie in die Sterne und war selig. Sie blieb mitten im Vorgarten stehen und beobachtete den Himmel. Eine andere Welt erschien ihr, verheißungsvoll, nicht so eng wie ihr irdisches Dasein. Dass Sex mit Julian anrüchig sein soll, zeigt die ganze Enge unseres Koordinatensystems. Es bedeutet nichts, es geschieht einfach. In ihrem Leben geschah so vieles einfach. Dann ging sie schlafen, die Wirrnisse ihres Daseins vergessen. Morgens waren sie wirklich vergessen: Der Sex, die Heimlichkeit, das Nachstellen. Nein, das passte alles nicht zu einer Professorin. Sie war die Frau, die die philosophische Kunstlehre der Farben erfunden hatte. So etwas wie Nachstellen beschämte ihr Niveau.

In ihrer Vorlesung über Gerechtigkeit morgens um acht war sie so klar wie nie zuvor. Provokant fragte sie die Studenten, ob es gerecht sei, Lüsternheit zu bestrafen, und wer das entscheiden kann, wo doch die Welt voll von Janusköpfen ist. Ihr Thema war die Legitimität der Gesetze. Aber sie fragte nicht nach Repräsentanz, sondern nach moralischer Erlaubnis. Sie fragte danach, wie Moral entsteht, und ob sie so etwas sei wie ein Glaube an das Gute. Der Zusammenhang von Moral und Erkenntnis beschäftigte die Studenten, als ein Schrei den Hörsaal erfüllte. Die Putzfrau hatte auf der Empore einen jungen Mann entdeckt, der sich erhängt hatte. Als Adalberta erfuhr, dass es Julian war, stand ihr Atem still. Hatte er den Freitod gewählt, weil sich hinter seinem leichten Auftritt eine Hölle aus Feuer verbarg? Hatte Hades Julian zu seinem Frieden verholfen? War Julian gar ein Seelenverwandter ihres Zwiespalts? Sie schämte sich für ihre Gedanken, für das Nachstellen, den hemmungslosen Sex. Sie fragte sich, ob sie eine Schuld an seiner Ausweglosigkeit trug? Und warum dieses Lehrstück ihrer Moral in diese Vorlesung platzte? Sie wollte über Moral sinnieren, und plötzlich war sie ein Teil von ihr. Das nächtliche Umherschweifen war ein Spiel mit dem Feuer. Ihre Wahrnehmungen waren bloß Suggestionen. Wie sie sich getäuscht hatte, das war beängstigend. Julian war so tiefgründig, und sie bemerkte es nicht. War die Farbenleere etwa eine Luftblase, die sich in ein Nichts aufgelöst hatte? Erhellte sein Tod ihr stumpfes Schwert? Das alles war ein Buch der Illusionen, aber ein Lehrstück der Moral. Dass man keine oberflächlichen

Urteile fällen und das tiefgründige Gefühl ein Lügner sein kann, war wie eine Definition von Gerechtigkeit, die keine Farben kannte. Adalberta stand vor dem Abgrund ihrer gedanklichen Gebäude.

Durch den Tod von Julian fiel Adalberta in ein tiefes Loch. Die Melancholie ihrer Tage wurde unendlich. Ihre Traurigkeit lähmte ihre geistige Vitalität. Sie war paralysiert, überwältigt von der Brutalität der Geschehnisse. Sie spürte diese Leere, als wäre die Welt ohne eine Melodie. Adalberta waren die Worte verloren gegangen. Sie schritt unermüdlich die Einfahrt auf und ab und zupfte Unkraut, das zwischen den Platten emporragte. Sie entwickelte einen Zwang zur Makellosigkeit. Aber das war nur eine Fassade. Erinnerungen brachen sich Bahn in ihren Augen und weiteten sich zu einem reißenden Strom. Die Trauer kannte keinen Einhalt. Sie dachte an sein Lächeln, seinen Gang und ihre Leidenschaft. Julian war jetzt in einer anderen Welt, als Grenzgängerin würde sie den Kontakt nicht verlieren zu seiner Seele. Mit feuchten Augen setzte sie sich an ihren Flügel und spielte Stücke von Chopin. Seine Klangsprache warf eine Harmonik in den Raum, mit der sie sich trösten konnte. Eigentlich hatte sich nichts verändert. Nur die Einsamkeit war noch intensiver zu spüren. Adalberta verbrachte die Tage rauchend auf ihrem Balkon. All ihre Lethargie entsprang dem Dilemma, dass Philosophie zwar über das Leben und seine Schicksale nachdenkt, aber in Momenten der Wirklichkeit still steht und schweigt. Sie gibt keinen Halt und keinen

Trost. Der Wind zog um die Ecke des Balkons, Adalberta trank einen Kaffee nach dem anderen. Sie starrte auf die sanften Hügel, als wären sie wiederkehrende Vergangenheiten. Als spielte ihre ganze Biographie ein Drama vor ihren Augen. Dann erwachte das gegenwärtige Leben in ihr und sie begann in den Lehrgesprächen von Epiktet zu lesen. Seine ethischen Kontroversen lenkten sie von ihrem Zustand ab.

Als es dunkel geworden war, zog sie ein langes schwarzes Kleid an und stieg in ihren grünen Citroen. Sie fuhr die Alleen entlang, als wären sie Pfade nach nirgendwo. Sie wurde immer schneller und achtete nicht darauf. Es war ein Rauschmittel, dessen Konsum mit dem Feuer spielte. Es war ihr egal. Die kleine Kirche im Wald lud sie ein, ihr inneres Durcheinander zu klären.

Adalberta trat ein, ihr starrten unzählige Heilige entgegen. Sie fühlte sich eingeengt, obwohl der Schutz durch das Geistige ihre Absicht war. Wieder liefen zwei Pole ihrer Wahrnehmung aufeinander zu. Sie war keine Sünderin, sondern wollte ein Ja zum Leben. Doch die Atmosphäre des Raums war, als ginge es um Schuld. Kafkas *Der Prozess* war lebendig geworden? Als wäre sie schuldig, wusste aber nicht, warum. Diese Orte institutioneller Seelenpflege waren einfach nichts für sie. Es war ihr unangenehm, derart Abbitte zu leisten, obwohl das Leben doch sie angegriffen hatte. Das war keine würdige Unterstützung. Enttäuscht verschwand sie von diesem Ort. Plötzlich stand Julian vor ihr und sprach einige schöne Sätze. Er hatte die Konventionen seines Milieus nicht mehr ausgehalten. Es war unendlich schmerzvoll, nicht lieben zu dürfen, wie man will. Adalberta war angetan von der inneren Beachtlichkeit seiner Worte. Ihr war sein quälendes Uneins-Sein nicht bewusst gewesen. Sie hatte sich verhört und die Farben nicht gesehen. Julians Tod war für ihn Befreiung. Aber dadurch war ihre Liebe unmöglich geworden. Alles, was ihr blieb, war die Nähe ihrer Seelen. Julians Schönheit war ausdrucksstärker als seine innere Welt. Ein zweites Mal zweifelte Adalberta an ihrem visuellen Gehör. Wieso wurde sie von ihrer Wahrnehmung dauernd betrogen?

Adalberta war rastlos. Voller Unruhe rauschte sie davon in die Nacht. Ihr Ziel war die getriebige Stadt, wo sie eintauchen konnte in ein Meer voller Leben. Der

Rausch war die einzige Lösung ihrer Verzweiflung. In der langen Straße vor dem Bahnhof kannte sie Eduard, den Türsteher. Er war muskulös und breit. Seine russische Herkunft verlieh ihm eine grobschlächtige Natur. Aber sein Herz war groß und man konnte sich auf ihn verlassen. Eduard kannte alle Geheimnisse ihres Lebens; er verurteilte niemals jemanden wegen seiner Abgründe und war abgehärtet gegen das Schicksal. Eduard steuerte den Einlass in das Bordell, als wäre es das Weiße Haus. Er hatte einen Blick dafür, wer einen menschlichen Anstand zeigte und wer nicht. Einst hatte er sich gewundert, als Adalbrta ein Zimmer mietete, in dem sie Männer empfing. Es war für ihn ein Mysterium, dass eine Dame der Gesellschaft freiwillig in die Niederungen des Lebens hinabstieg. Doch Adalberta liebte diese Schlucht des zweiten Alltags. Sie blickte in die verlorenen Gesichter, die nach Liebe suchten und mit ihrem Trieb überfordert waren. Sie fühlte sich selbstlos wie eine Madonna der Karitas. Ihre Erschwernisse der konventionellen Welt verflüchtigten sich. Mit Eduard rauchte sie eine Zigarette, bis der nächste Unglückliche kam. Es war diese knisternde Schäbigkeit, die sie faszinierte und immer weitermachen ließ. Sie war Professorin und Hure, diese Kombination verlieh ihrem Charakter einen undurchschaubaren Teint. Ihre spannende Trostlosigkeit materialisierte sich in einem merkwürdigen Lebensentwurf. Als wäre er selbst ein Orgasmus ihres gespaltenen Lebens. Radikal und entschlossen zugleich, schenkte sich Adalberta etwas Freiheit von ihrem Schicksal. Sie entschied selbst, den Konventionen zu trotzen. So wurde sie wieder eins mit Julian. Freitod und Prostitution waren wie Bonnie und Clyde, ein Paar auf der Flucht.

Der Geruch von Sperma war für sie eine natürliche Unabwendbarkeit. Sie räkelte sich in rosafarbenem Tüll und verkörperte die Verführbarkeit der Welt. Hier war sie der Regisseur. Kein Schicksal und keine Gefühle waren stärker als ihr Drehbuch. Sie war nicht mehr eine Marionette des Lebens, sondern bestimmte selbst, wie viel Schmutz sie ertrug. Es war nicht bigott, die Schäbigkeit als ihre Religion zu sehen. Sie war eine Heilige der Abenteurer geworden. Das gab ihr wieder etwas Sinn in ihrem würdelosen Dasein.

Unisaal und Bordell waren zu Palästen ihrer mentalen Freiheit geworden. Es waren kontroverse Orte, Gegenspieler zu ihrem bürgerlichen Verlorensein. Das Verbotene war ihr Elixier. Die Monumente des Ausbruchs waren ihr geheimes Exil. Adalberta beschäftigte sich nicht mit ihrem Ruf. Es konnte sich ohnehin niemand vorstellen, dass man Prostitution als Erlösung feiert. So ein verrücktes Wertesystem konnte doch keiner haben. Die Bühne war die Bühne, und das Theater verträgt keine Tristesse. Ihre Bühnen waren wie zwei Welten: Hannah Arendt und Marilyn Monroe, Intellekt und Lust, die wahren Zwillinge des Lebens. Ihr kleines Reich verbotener Intimität war wie eine Spielwiese, die unbegrenzte Möglichkeiten schuf, aber eigentlich war es die Kompensation ihrer

Leere. Gleiches mit Gleichem heilen, das war ihr Plan. Und es funktionierte.

Adalberta fand es prickelnd, wenn Freier kamen, die sie kannte. Das gemeinsame Geheimnis war deren Gefängnis. Sie konnte nichts falsch machen. Sie war eine Verbündete, gegen die man nicht schoss. Sie war Professorin für Philosophie. Worin steckte mehr Weisheit als in den Niederungen der Lust? Alle sind darin ähnlich, aber auf eine seltsame Weise ist der Tabubruch für jeden anders. Ein Stoizismus der Lust, körperlich, aber als metaphysisches Prinzip. Aber die absolute Ruhe kam erst danach, wenn man sich unabhängig von den eigenen Bedürfnissen fühlte. Sie war Aurelius, die Freier ihre Schüler. Sie sah ihr Bordellzimmer tatsächlich als Schule des Stoizismus. Den Widerspruch darin interpretierte sie als einen ewigen Auftrag. So wie die kontemplative Suche nach der Wahrheit einen Ort wie das Bordell gewöhnlich meidet, so war sie doch genau das, was dort eigentlich geschah. Nie war Adalberta der Wahrheit näher gekommen als in ihrem Bordellzimmer. Aletheia war hier zuhause. Sex mit den Freiern war wie Wahrhaftigkeit. Wer die moralische Erlaubnis für Bestrafung von Lüsternheit hatte, relativierte sich hier entscheidend. Überhaupt wäre es Adalberta nie in den Sinn gekommen, Dinge zu verurteilen, die Menschen aus Freiwilligkeit machen. Es gab für sie keine verurteilungswürdigenden Bedürfnisse. Deshalb war sie ja so eine herausragende Philosophin.

Wenn sie nachts nach ihrem zweiten Leben in den Citroen stieg und nach Hause fuhr, war sie zeitweise euphorisch und betete das Leben an. Sie fuhr durch die Nacht und rauchte. Niemals zuvor kannte sie eine Welt, die solche Zufriedenheit in ihr entfachte. Das Landleben und die Rotlicht-Lady, Platon und Freier-Sex, all die verschiedenen Welten formten aus ihr diese einheitliche Figur, diese unwiederbringlich tiefsinnige Aufgeschlossenheit. Ihr Urteilsvermögen bewahrte sie vor Dummheiten, in die man leicht verfällt. Professorin Gruen war stark wie nie. Sie empfand triebigen Sex nicht als intellektuelle Zumutung, sondern sie liebte bei allem Schmerz das Leben. Ihr Tempel war die Lust, ihr Himmel war die Wissenschaft.

In ihrer Vorlesung über die Moral der Lust thematisierte sie das verruchte Leben. Denn bereits in der Französischen Revolution war es der saufende und verkommene Danton, der der Freiheit zur Geltung verhalf. Manchmal muss man den unmoralischsten Figuren vertrauen, damit sich Erlösung einstellt. Sie war Aphrodite der Universität. Ihre Emanzipation vom Wissenschaftsapparat machte sie glaubwürdig. Sie hatte einen klaren Wertekanon, etwas, an das sie glaubte: Die Freiheit des Menschen, zu tun, was er möchte, ohne verurteilt zu werden. Liberalität war ihr Elysium.

Adalberta war ein Profi. Souverän reflektierte sie Handlungsmuster auf ihre Wertegrundlagen, gespickt mit kleinen Geschichten, die das Reflektierte wieder infrage stellten. Sie verstand es, den Trugschluss gerade vermuteter Erkenntnisse zu entblößen. Sie machte nicht Halt, ehe sich

Gewissheit einstellte. Sie war sehr diszipliniert. Adalberta war eine Meisterin des Diskurses. Sie zwang ihr Auditorium zu intellektueller Gründlichkeit und brachte jeden dazu, seine eigenen Möglichkeiten zu denken. Sie bewirkte Selbstreferentialität. Jeder Zuhörer fühlte sich irgendwann ertappt. Sie war eine Seelenblickerin. In den Pausen schritt sie die große Treppe zur Cafeteria hinauf. Der Campus erschien ihr wie eine riesige Fabrik. Hier galt Effizienz statt Muße. Alles war akkurat gepflegt, und so plante man auch das Denken. Es floss nicht dahin wie ein unendlicher Strom, sondern wurde aus Schubladen gezogen. Sie haderte schon immer mit dem Begriff des Wissens. Wer legt fest, was es sei? Feinfühlig sezierte sie jeden Begriff auf seine Möglichkeiten.

Auch beim Kaffee füllten die Gedanken ihren Kopf. Sie schrieb sich Fragen auf, die sie quälten: Wie genau eine Moral entsteht, warum sich Menschen über das Gefühl erfassen, aber gleichzeitig zur Gefühllosigkeit erziehen lassen? Sie war originell. Sie stellte einfach eine Frage und breitete das Unverstandene vor ihrem Publikum aus. Sie ließ die Studenten bei ihren Reflexionen zuschauen, als ergäben die einen spannenden Film. Adalberta spielte kein Theater. Sie inszenierte ihren Wissensdurst auf der Bühne. Es entstanden Sträuße voller Fragen an Logik und Leben, wie ein sokratisches Gespräch. Die Meieutik war ihre Kunstfertigkeit. Neugierde entflammte das Publikum. Es fragte sich permanent, ob man das erreichte Nachdenken Erkenntnis nennen kann?

Sternstunden des wahren Denkens erschienen Adalberta wie ein geistiger Orgasmus, wie eine Schwester der körperlichen Lust. Die Farbenlehre der Philosophie betonte genau diese Komposition, wie ein Wein, der reift.

Adalberta war wie elektrisiert. Ihre Monomanie war entgleist, aber in einem positiven Sinn. Sie bebte vor Glück. Dann ging sie nach Hause. Die Wörter beflügelten ihren Kopf; es war wie ein heiliger Strahl, der sie erleuchtete. Adalberta war hin- und hergerissen von dem schönen Klang und der Vieldeutigkeit der philosophischen Begriffe. In der Auffahrt wartete ihr noch lebender Ex-Mann, den sie fast vergessen hatte, mit einem Blumenstrauß. Er war Psychoanalytiker, er grub sozusagen in den Tiefen menschlicher Abgründe. Ganz anders war sein würdiges Auftreten ein Fingerzeig tiefer Verwurzelung. Er ruhte in sich, sein Erscheinungsbild hatte dieses Kolorit, das die Würde des Lebens zeigt. Sein grauer Bart und seine vollen Lippen hatten sie einst zu einer willenlosen Gefährtin gemacht. Sie las heimlich nach dem Vergnügen die Akten seiner Patienten. Nichts konnte sie erschüttern, sie blickte in immer tiefere Ausweglosigkeiten. Sie begann zu begreifen, warum Karl die Ordnung liebte; er brauchte einen Anker, an dem er sich festhalten konnte. Aber er hatte auch eine andere Seite. Das Kokain hatte seine friedliche Gemächlichkeit zerstört, sodass sie nur noch eine langweilige Koexistenz führen konnten. Wenn Karl Entzugserscheinungen hatte, depersonalisierte sich sein Auftreten und er wurde hilflos.

Karl fühlte sich tief verbunden zu ihr, immer wieder suchte er ihre Nähe. Sie führten gehaltvolle Gespräche bis in die Nacht und waren Zwillinge im Geist. Seine Beschaffungstouren führten ihn in die unmöglichsten Gegenden der Stadt. Pikanterweise war er einer ihrer Freier, aber das war eine andere Sphäre als ihre gemeinsame Zeit auf dem Anwesen. Wenn Karl sie besuchte, entstand bei beiden diese Vertrautheit, in der zwei Menschen sich öffnen. Dr. Guen und Dr. Klein hatten einen Status in der Gesellschaft, aber ihre Seelen waren deformiert von den Zumutungen des Lebens. Sie waren wie Hunde, die umeinander tänzelten und aneinander rochen, aber das Extreme mieden. Immer wieder von Neuem. Karl hatte die Abgeklärtheit eines erfolgreichen Akademikers, und dennoch war sein Gemüt unsicher und blass. Seine Ängste trieben ihn wieder und wieder zu Adalberta, sie war für ihn ein Flammenmeer seiner Restenergie. Sie machten lange Spaziergänge und wälzten sich im Gras. Ihre Verbundenheit wirkte wie eine Romanze, die Geist und Körper abwechselnd befeuerte. Sie unterhielten sich über Glück, Tugend und Zufriedenheit und beleuchteten es von allen Seiten. Über ihr Gefühl andauernder Einsamkeit sprachen sie nie. Sie ließen sich täuschen von ihrer Zweisamkeit, die wie ein Reigen bunter Gefühle auf sie einwirkte. Karl spielte Saxophon. Wie er die vier Oktaven variierte, war virtuos, weich und gefühlvoll. Er konnte jedes Gefühl auf eine besondere Weise in das Mundstück blasen. Manchmal spielten sie ein Duett, eine perfekte Dialektik zweier Klänge, die einzigartig waren. Dann waren sie Verbündete durch die Handhabe ihrer Kunst. Sie waren Performatoren der Sinne, perfekt und schön. Aber in Wirklichkeit waren sie Schwebende ohne Halt. Sie sprühten den Schmerz in Töne, sie waren wie malende Gespenster, die auf ihren weißen Laken Formen verewigen, die es gar nicht gibt. Trotz der Glücksmomente blieben sie immer Gespenster. Das war ihre Fügung, ihre Destination. Wenn sie Musik machten, war der Boden verschwunden und es gab nur noch Klänge. Sie wohnten dann in einem Kreis, der zu keinem Land gehörte und waren stark affiziert. Es war, als hätten sie Drogen konsumiert. So nahe kamen sich Vorstellung und Lebenswirklichkeit noch nie. Das Delirium dauerte viele Stunden.

Sie vergaßen die Zeit. Dann verschwand Karl plötzlich und unvermittelt aus dieser Szene. Er brauchte Stoff, um sein Leben ertragen zu können. Karl war das, was man einen Luxus- Junkie nennt. Er hatte seine Emotionen noch nicht komplett an den Teufel verkauft. Als sie wieder alleine in dem großen Anwesen war, füllten sich ihre Stunden mit Sehnsucht nach solchen Momenten im wahren Leben. Dort warteten die Klausuren darauf, gelesen zu werden. Und Alberta interpretierte manche Klausur auch als Märchen, damit sie es aushalten konnte.

Mit Karl war sie zum ersten Mal in ihrem Leben glücklich gewesen. Doch seine Sucht drängte sich zwischen ihr Gefühlsleben. Der Mann ihrer Träume hatte sich an eine andere Welt verkauft. Ihr war es zu unheimlich geworden, dass Karl dasselbe Geheimnis hegte wie sie, wenngleich gerade diese Verbundenheit noch immer verfing. Wenigstens ihre Geheimnisse sollten unverwechselbar spannend sein und nicht wiederholbar. Karl war immer sehr großzügig gewesen, er zahlte alle Annehmlichkeiten, es machte ihm nichts aus. Theater und Konzerte waren ihre bürgerliche Erfüllung. Aber irgendetwas fehlte ihr, es klaffte ein großes Loch zwischen all den kulturellen Vergnügungen. Sie vermisste etwas, das Kultur nicht kann. Und das war ein zivilisiertes Ausleben menschlicher Triebe, ihrer Bedeutungen, ihrer mühsamen Begierden. Sex und Theater waren in der Gesellschaft verschieden geachtete Dinge, aber im wahren Leben geht es ja darum es wirklich zu spüren, zu sehen, zu leben. Natürlich konnte Theater wie Sex und Sex Theater sein. Aber die Höhepunkte waren doch verschieden lebendig. Shakespeare ist Theater als Kunstform. Aber Sex mit Freiern war das echte In-der-Weltsein, und dazu eine Kunstform. Es spiegelte den Grat, auf dem sie im Leben wandelte. Es war ein Ausdruck ihrer Identität. Theater dagegen war nur ein Schmuck, den man daraufhin abtastete, wie fein er gearbeitet war. Es stellte eine Emanation der gewöhnlichen Innerlichkeit dar, man konnte es auf die eigene Situation projizieren. Aber die Form und der eigene Inhalt fusionierten nie. Es war Kultur, ein Produkt des Geistes. Sie aber suchte nach einer Kultur des Lebens, die in ihrem Herzen verinnerlicht ist. Adalberta war Philosophin, sie strebte nicht nach Zierde und einem Kleinod vom Alltag. Sie suchte nach einem authentischen Verhältnis zur Wahrheit. Das fand man nicht im Theater, auch wenn Karl sich so viel Mühe gab.

Professorin Grün stellte die Blumen in eine Vase auf den weißen Flügel, damit sie den Raum erleuchten. Warum schenkte er ihr Blumen? Das war eine Konvention, die nicht zu ihr passte. Es war eben auch Theater. Er machte zweimal denselben Fehler. Sein Herz hatte noch immer keine Augen. Sie war eine Frau, die ein authentisches Verhältnis zur Wahrheit suchte. Und keine Blumen. Diese Spießigkeit fand sie fast lächerlich. Aber sie liebte die Ausstrahlung der Farben und schätzte Karl, und deshalb schwieg sie.

Sie ließ heißes Wasser in ihre Badewanne ein, sie suchte nach körperlicher Behaglichkeit. Die Badewanne war ihr Kastell, wie ein Sarg mit Heizung. Wärme durchströmte ihre Brust. Es fühlte sich an wie Abtauchen in Glas, eine visuelle Erstarrung von Vitalität, obwohl gerade die Wärme vitalisierte. Sogar in der Badewanne verfolgten sie die sich streitenden Gesichter ihres Lebens. Adalberta übertrieb es mit dem Schaum. Sie fühlte sich wie Dornröschen. Ihre Haut war noch immer so zart wie vor 30 Jahren, als Sex für sie noch keine Kultur war, sondern eine Lustbefriedigung. Trotz dem Hang zum Bleibenden litt sie sehr unter der Vergänglichkeit des Menschseins. Die Zukunft war für sie aus dem Blick geraten. Der Polytheismus und die Mythologie der Antike, die das Erschaffen der Welt aus dem Urmeer und den Prozess ihrer Zerstörung erzählten, enthielten keine Narrative ihres gelebten Lebens. Sie war enttäuscht, dass der menschliche Zerfall so eine Tragik war. Sie genoss die Wärme und das Knistern des Schaums und schlief ein.

Als sie wieder aufwachte, war das Wasser kalt geworden. Sie stieg aus der Wanne und schlüpfte in ihren Bademantel aus Frottee. Dann ging sie zu ihrem Flügel und spielte Chopin. Sie versank in der Melodie. Für einen Augenblick war sie fast entschlossen, Julian zu folgen. Da hupte es in der Auffahrt, Karl war zurückgekehrt und voller Freude. Er sprang über die Tür seines Cabriolets und lief ihr erregt entgegen. Sie küssten sich innig und hatten hemmungslosen Sex auf der Rückbank ihres

Citroen. Er war ja ebenfalls wie sie ein sterbendes Tier. Und ihr Sex war das Kolorit dieses Horizonts. Sie blieben die halbe Nacht liegen, bis das Gezwitscher der Vögel sie weckte. Dann erwachten sie, wie aus einem Rausch, genauso benommen wie glücklich, als hätten sie es in einem verkommenen Wohnwagen auf einem verbotenen Patz getrieben. Dass Karl dieses Sichgehenlassen mitmachte und auch genoss, war ein zusätzliches Geschenk. Sie bewunderte seinen Mut und blickte ihm verliebt in die Augen. Er lag da wie ein Teenager-Junge, schön und schüchtern, und er blinzelte sie an, als wolle er ihr sagen, wie sehr er sie braucht. Karl war Adonis und Hedone in einer Person. Er war Voluptas, die Inkarnation der Lebenslust. Er trug den Namen von egomanischen Kaisern, wurde in der Intimität aber zu einer selbstlosen Figur. Er schenkte ihr all seine Liebe.

Mit Karl verband sie das Verlangen, Sex als Kulturereignis und menschliche Begierde unter einem gemeinsamen Dach zu vereinigen. Die wirkliche Kultur gab es auch mit ihm, und er war ein Weltengänger wie sie. Eigentlich war ihre Scheidung eine Liebeserklärung, ein Anfang ohne die Last einer Institution. Glücklich wie Verliebte gingen sie ins Haus und tranken Kaffee im großen Saal

Die Tage flogen dahin. Adalberta rauchte eine Zigarette nach der anderen und dachte über das Leben nach. Der Erfolg, den sie hatte, hatte sie weder übersättigt noch konnte sie sich darauf ausruhen. Ihre Gedanken waren rastlos. Das größte Unglück in ihrem Leben hatte nie aufgehört, als Weinen zu schluchzen. Sie war während einer Tagung beiseite genommen worden und war plötzlich allein. Ihr erster Mann war bei einem Flugzeugabsturz ums Leben gekommen. Wilhelm war märchenhaft reich, er war Unternehmer für Miederware, und daran zeigte er eine übermäßige Hingabe. Wie er zeichnete und vermaß, war fast pathologisch. Er hatte einen Blick für das Fluidum der Schnitte und Stoffe. Ihn quälte das kleinste Detail, das störte. Er war ein wahnhafter Perfektionist, die Farben, die Formen, wie Unterwäsche Partien am Menschen betont. Seine Fabriken hatten von oben die Form eines schwarzen Korselett. Innen waren sie blitzsauber und mit Marmor verziert. Die Wäsche, sagte

Wilhelm, hat eine Würde. Sie hält alles zusammen und macht Individualität. Sie gibt seinem Träger einen starken Ausdruck. Er verglich sie mit Aton, und fühlte sich, als sei er Echnaton. Er hatte ein starkes Selbstbewusstsein und seine Genialität bestand darin, Fabrikarbeit sexy wirken zu lassen. Jeder Mitarbeiter war involviert in Schauplätze, an denen die Wäsche ihr Bühnenstück vollendete. Die geistige Verschmelzung mit dem Produkt machte Wilhelms Werke zu Orten erlebter Eskapade. Er bot den Arbeitern eine Illusion der Teilhabe an Erotik. Aber in Wirklichkeit diente die Großtat der Mehrung seines Gewinns. Er war ein Geschäftsmann, Stratege der monetären Effizienz, etwas, das ihr egal war. Sie bewunderte jedoch seine Arbeitsweise, die stilistisch inszenierte

Nüchternheit. Es hatte etwas Geniales, die Charakteristik der Wäsche als ein Mysterium zu erzählen. Jeder Mensch wurde dadurch Teil der Geschichten von Echnaton; er machte eine Religion daraus. Doch er war kein Scharlatan. Er glaubte an die Geschichten, die aus der Ästhetik erwuchsen. Sie waren weder Dichtung noch Märchen. Wilhelm und Adalberta verband diese Leidenschaft für ihr Tun. Sie lebten eine Philosophie ihrer Arbeit. Ihr Leben spielte in der ungegenständlichen Welt, in den Geschichten, die eine Geschichte schreibt.

Wilhelm hatte blonde Haare und trug schöne Anzüge. Sein jugendliches Antlitz weckte in Adalberte ungeahnte Instinkte. Seine Attraktivität ließ sich nicht in die Grenzen irgendeines Outfits zwängen. Sogar ein Blaumann konnte seine Souveränität nicht brechen. Er führte Verhandlungen mit Geschäftspartnern wie Kamingespräche beim Wein. Jeder, der mit Wilhelm verhandelte, hatte das Gefühl, in einem Märchen gelandet zu sein.

Bei seinen Verhandlungen hatte jeder das Gefühl, in einem Märchen gelandet zu sein. Er verkaufte gehaltvolle Bilder und dazu passende Historiographie. Er zeichnete eine Ästhetik mit Worten. Er war wie Adalberta, wenn sie Farben hörte. Hier lagen ihre gemeinsamen Jagdgründe, Bedeutungen der Realität, Empfindungen, Zauber. Das ist in der Geschäftswelt nicht anders als in der Philosophie. Auch sein Metier war die Suggestion der Sinne. Sie konnten beide ihre Wirkstätten, Hörsaal und Verhandlungsraum, in Orte der Seligen verwandeln. Entscheidend war zwar der Inhalt, aber zum Blühen brachte ihn das Charisma von Szenen und Welten, die magische Anziehungskraft versprühten. Ihr Zuhause, das Anwesen, war insofern ein Märchenschloss. Dort traten ihre konstruierten Welten wirklich in Erscheinung. Sie waren keine Geschichten, sondern nackte Wirklichkeiten der mentalen Welt. Mit Wilhelm verband Adalberta etwas ganz besonderes, die Kraft des Mentalen. Ihr Weltgebäude war Existentia, und sie hatten Erfolg damit. Das Anwesen hatten sie bar bezahlt, und so hatten sie ein Zuhause ihrer entrückten Daseinsform.

Wilhelm hatte die Angewohnheit, sich privat ganz anders zu verhalten. Er schlang das Essen herunter, lief nackt durch die endlosen Flure und war zu den Blumen wie ein Tölpel. Das Ordinäre brach sich

Bahn in ihm. In einem gewissen Sinn spielte seine andere Seite mit ihrer Lust. Prolet und Virtuose der Bilder von Begierden zu sein war wie Bordell und Hörsaal. Es turnte sie an. Es schuf pikanterweise in ihr Bilder ihrer Begierden, er verstand es, mit Proleten-Verhalten andere für sich einzunehmen. Echnaton und Hugo Egon Balder waren ein und dieselbe Person. Es waren eben die Ambivalenzen, die eine Person begehrenswert machten, nicht Luxusartikel oder Besitz. Kultur und Lust, Künstler und Proll, Miederwäsche und Marmorfabriken, dieser Typ war einfach interessant. Er war sozusagen der Archetyp für Hörsaal und Bordell. Er hatte damit angefangen, ein Nin und Yang Leben zu führen, aus sich eine Arche Noah zu machen. Sie war berührt von der sagenhaften

Selbstverständlichkeit, mit der er mit sich eins war. Er scherte sich nicht um Image. Deswegen hatte er eines.

Wilhelm war das Vorbild für die Architektur ihres zerrissenen Lebens, das sie selbst als Befriedigung empfand. Es war nicht zerrissen, sondern die Welten waren Farben, die harmonierten. Es war Einklang, Sucht und Liebe, Lust und Schmerz. Es war vollkommen. Adalberta rauchte eine Marlboro Menthol und ging schlafen. Tief und fest legte sich ein Schleier über ihre Melancholie.

Morgens war sie in Hektik, weil Sie Prüfungen abnehmen musste. All die schweißgebadeten Studenten, die dachten, das Leben wäre abhängig davon, ob sie dieses unnütze Wissen verinnerlicht hatten. Ihre Prüfungen waren Prüfsteine in Philosophie. Sie fragte zum Beispiel, ob ein KZ Kommandant glücklich sein konnte und erwartete Reflektieren mit Wissen. Sie verstörte die Prüflinge mit ihren Fragen und beobachtete die Reaktion. Sie wollte echte Gespräche, keine objektivierbaren Canon-Partikel. Eine Prüfung musste ein Streitgespräch sein. Wer mit philosophischen Argumenten streiten kann, hatte begriffen, dass die Auseinandersetzung mit einer Frage wichtiger war als alles Aufzählen-Können. In einer ihrer Prüfungen saß Philipp, ein Student Mitte 20. Er trug eine markante Brille, er war sehr reflektiert, weder altklug noch beflissen. Er suchte nach Erkenntnis, in sich gekehrt, seine Reaktionen malten Falten auf seine Stirn. Jugendliche Unsicherheit zierte sein hübsches Gesicht. Adalberta fragte, um was es denn in den Platon-Dialogen gehe? Er sagte, es ginge um die Wiedergeburt der Seele. Mit einem Satz zeigte er, dass er das Prinzip des Lernens durch Wiedererinnern und die Meieutik des sokratischen Gesprächs verstanden hatte. Dann sagte er: Aber das ist Unsinn, denn wenn die Seele wiedergeboren würde, dann suchte sie ja keine Wiederholung gestriger Gedanken, sondern einen anderen Weltenblick, eine Befreiung. Denn die Chance, das Leben nochmal zu leben, könne ja nicht dazu führen, dass man sich wieder mit denselben Zwangsvorstellungen malträtiert. Das könne man ja nicht Lernen nennen. Sie erwiderte, dass dies davon abhinge, ob man einen freien Willen habe oder das Erinnern selbst die Lebensentscheidungen blockiert. So fingen sie an zu streiten. Er meinte, dass die für Lernen notwendige Annahme, dass alles Wissen und alle Erkenntnis bereits in der Welt wohnte, es ausschließe, dass der Mensch schöpferisch sein könne, und das sei eigentlich eine Vorherbestimmung, die jede konstruktive Freiheit unmöglich mache. Sie merkte, dass Philipp philosophisches Denken verstanden hatte und lud ihn ein, zu einer Adresse in der Langen Straße vor dem Bahnhof zu kommen. Dort würde er erleben, ob Erinnern oder die Etikette der Gesellschaft das Lernen hemmt. Es war das erste Mal, dass sie ihre Gegenwelt dafür verwendete, philosophische Besonnenheit zu lehren.

Als Philipp sie in schwarzer Reizwäsche auf dem Sofa sitzen sah, war er verstört. Die Freiwilligkeit entfachte in ihm zwar

Respekt. Und dennoch war es ihm unbehaglich. Der Reiz ihrer Unmittelbarkeit erregte ihn. Noch nie fand er reifere Frauen begehrenswert, doch plötzlich legte ein Schalter in seinem Empfinden um. Die verbotene Lust entzündete seine Hingabe, er begehrte sie wie noch nie eine Frau zuvor. Es war ein Tabubruch, der ihn erhellte, dass Erinnern nicht zwangsläufig Wiederholen bedeutet. Und wenn es kein Wiederholen ist, setzt das ja eine Entscheidung voraus. Auf der anderen Seite drückte sich in ihrem Ausbruch aus der bürgerlichen Langeweile ein Zwang aus, bestimmten Trieben zu folgen, ohne den Kopf einzuschalten, und das ist natürlich dann keine Entscheidung. Sie machte ihm klar, dass der Tabubruch nicht nur eine Detonation sei, sondern eine eigene Kultur habe. Es gehe darum, diese Kultur des Faszinierenden zu spüren. Und dazu brauche man das Erinnern. Erinnern hieße nicht, einen Inhalt zu wiederholen, sondern Zugänge zu seinem Inneren zu nutzen und eine höhere Ebene des Erlebens zu erreichen. Erinnern helfe, Erlebtes zu sublimieren, ohne von den Konventionen beim Denken gestört zu werden. So wurde ihr Sex zu einem philosophischen Seminar. Sozialisierte Werte brachen in sich zusammen. Sie hauchte ihm Weisheit ein. Er erlebte eine doppelte Explosion. Weisheit und Sex schließen sich nur in unseren Köpfen aus. In der Synkope eines Anfangs gehen sie auseinander hervor. Sie rauchten eine Zigarette und waren erfüllt von der Veredelung ihres Daseins. Vielleicht sollte sie solche Philosophieseminare öfters halten. Sie fühlte sich wie eine Pädophile, die die Verschämtheit junger Burschen ausnutzte. Aber in Wahrheit war es doch eine Anbetung ihrer Ästhetik, des Körpers und des formbaren Geistes. Darin war sie eine Kulturschaffende. Philipp war ihre Knetmasse, im Bordellzimmer wurde sie Gott. Wie nah Erhellung und Perversion beieinander liegen, wurde ihr erst beim dritten Kognak bewusst.

Ihre ausufernden Ideen, die Nuancen der philosophischen Feinheiten zu veranschaulichen, waren weder Aussaugen noch Überwältigen. Sie zeigten tiefen Respekt vor dem Eingebundensein unserer Existenz in die Sphären der Welt. Individualität entstand durch unsere Entscheidungen, wie wir Wiedererinnern nutzen. Sie glaubte an das Selbstbestimmungsrecht des Menschen, sich gegen sein früheres Leben zu entscheiden. Es gibt kein Karma, aber es gibt Schicksal. Wie wir es nutzen, das war der Ausdruck von Kultur. Lernen durch Wiedererinnern lag nicht im Wiederholen, sondern im Handeln. Dass Menon Sklave war, änderte gar nichts. Denn das Handeln betraf vor allem eine innere Freiheit, keine Rolle. Sie gingen zum Thailänder und aßen scharfes Curry, um innerlich gereinigt zu sein. Dann trennten sich ihre Wege, sie hatte etwas bewirkt und Philipp war weiser. Es war kein Tabubruch. Es war die Analogie eines Schöpfungsmythos. Bürgerlich gesehen war es eine neue Sphäre ihrer Verkommenheit, aber kontemplativ erlebten sie den inneren Kern von Lernen. Was die Menschheit zusammen hält, zeigte sie ihrem Studenten in einem Bordellzimmer. Er war für alle Zeit geheilt von seinen Karriere-Träumen.

Adalberta schlenderte durch die Rotlichtstraßen. Es war eine Welt voller Verklärung und Verderben, getriebig, voller schäbiger Rituale und Menschen ohne Moral. Ihr war natürlich bewusst, dass ihre Gegenwelt eine Verklärung darstellte. Es gab an diesen Orten weder Freiheit noch Kultur. Nichts hatte einen tieferen Sinn. Aber die Menschen dort hatten ihre Lebensphilosophie, und ihre Direktheit war edel. Hier spielte keiner Theater, diese Wirklichkeit kann man gar nicht spielen. Adalberta setzte sich auf eine Bank und rauchte. Sie beobachtete die Straße. Und die Menschen, die alle ohne Rolle lebten und trotzdem nicht frei waren. Der Gedanke dräng te sich auf, dass unsere Geburt das Tor zu einem Gefängnis sei. Ihre existenzialistischen Gedanken und das Treiben der Unterwelt gingen eine magische Symbiose ein. Stundenlang verbrachte sie die Zeit als meditierender Voyeur. Versunken in ihre rastlose Existenz entglitt ihr sogar das Denken. So muss es sich anfühlen, wenn man die Kontrolle verliert in einer Welt, in der jeder Polizist, jeder ein Mitarbeiter des Ordnungsamtes, jeder ein Lehrer ist. Nur hier waren die Menschen so wie das Leben: Entrückt.